Wald der Freundschaft

Daisy Meadows

Die magischen Tierfreunde
Kiki Koala und die magische Schule

Alle Titel von **Die magischen Tierfreunde**:

Band 1: Hasi Hoppel wird vermisst
Band 2: Rettung für Mia Mauseohr
Band 3: Fibi Federchen ganz allein
Band 4: Susi Samtpfote geht verloren
Band 5: Pia Puschel und der geheime Zauber
Band 6: Die furchtlose Penelope Piks
Band 7: Finja Fuchs und die Magie der Sterne
Band 8: Mara Meerschweinchen hilft den Waldtieren
Band 9: Henni Hamster und der Verwechslungszauber
Band 10: Winnie Welpe hat ein glitzerndes Geheimnis
Band 11: Emma Eule und der Zauberbaum
Band 12: Mila Miau und der Glitzerstein
Band 13: Lea Lämmchen und der Freundschaftszauber
Band 14: Fritzi Ferkel und der verlorene Edelstein
Band 15: Pina Pünktchen kommt in die Zauberschule
Band 16: Ria Rehkitz und die verschwundene Karte
Band 17: Kiki Koala und die magische Schule
Band 18: Hanna Honigherz und der Baum der Erinnerung
Band 19: Kira Kuschelfell und das Fest der Freundschaft
Band 20: Fiona Funkelflosse und das verschwundene Juwel

Sonderband: Pippa Pony rettet die Einhörner
Sonderband: Paula Pfötchen und das Weihnachtswunder

Daisy Meadows

Die magischen Tierfreunde

Kiki Koala und die magische Schule

Aus dem Englischen übersetzt
von Sandra Margineanu

Band 17

Loewe

Mit besonderem Dank an Valerie Wilding

Für Hattie Reid

FSC
www.fsc.org
MIX
Papier | Fördert gute Waldnutzung
FSC® C014496

Klimaneutral
Druckprodukt
ClimatePartner.com/18521-2202-1001

ISBN 978-3-7432-1153-7
2. Auflage 2023
erschienen unter dem Originaltitel *Ella Snugglepaw's Big Cuddle*

Erschienen in der Originalserie *Magic Animal Friends*.

Aus dem Englischen übersetzt von Sandra Margineanu
Umschlaggestaltung: Johanna Mühlbauer
Printed in the EU

www.loewe-verlag.de

Inhalt

Ein Geheimnis bewahren,
das wirst du bald!
Denn ich erzähle dir
vom verzauberten Wald.
Er liegt hinter der Tür im Eichenbaum.
Folge mir dorthin wie in einen Traum!
Unendliche Abenteuer werden
uns verbinden
und magische Tierfreunde
wirst du dort finden!

Alles Liebe
Goldi, die Katze

Ein kuscheliger Koala

Lili Hart reichte ihrer Freundin Jessi Forester ein paar Kohlblätter. „Die werden den Meerschweinchen schmecken“, meinte sie.

Die Mädchen standen vor der Scheune im hinteren Teil von Lilis Garten, dort hatten ihre Eltern die Tierklinik *Helfende Pfote* eingerichtet. Jessi wohnte direkt gegenüber und die Freundinnen verbrachten viel Zeit damit, sich um die kranken Tiere zu kümmern, denn beide liebten Tiere über alles. Gerade fütterten sie die Tiere in den Außengehegen, wo Kaninchen, Meerschweinchen, Eichhörnchen und andere Kleintiere herumspringen konnten, sobald es ihnen etwas besser ging.

Jessis Kätzchen, Pixi, rannte zu Herrn Hart, der mit einem Strohballen zu den Gehegen kam. Mit dem Stroh wollten die Freundinnen es den Tieren schön gemütlich machen. Da entdeckte Pixi etwas Spannendes in der Hecke und stieß es mit ihrer kleinen rosa Nase an.

Lili ging zu ihr, um einen Blick darauf zu werfen. „Pixi hat ein seltsames grünes Ding gefunden, das an einem Zweig hängt!“, rief sie den anderen zu.

„Das ist ein Kokon“, erklärte Herr Hart. „Eines Tages wird daraus ein Schmetterling schlüpfen.“

„Wahnsinn!“, sagte Jessi und betrachtete den Kokon. Er sah ein bisschen wie eine Erbsenschote aus – grün und fest verschlossen. Sie

berührte ihn sanft. Er war hart wie eine Nuss. „Verrückt, dass aus so einem seltsamen Ding so etwas Wunderschönes werden kann."

Nachdem Herr Hart zurück in die Scheune gegangen war, erhaschte Lili aus dem Augenwinkel etwas Goldfarbenes zwischen den Rosenbüschen. „Sieh mal!", rief sie. „Da ist ein Schmetterling."

Jessi grinste. „Das ist kein Schmetterling. Das ist Goldi."

Eine hübsche Katze mit goldenem Fell und Augen so grün wie ein junges Blatt rannte auf sie zu und schmiegte sich schnurrend an ihre Beine. Goldi war die Freundin der Mädchen – und zwar eine ganz besondere. Denn sie lebte in einer zauberhaften Welt, dem Wald der Freundschaft, wohin sie die Mädchen oft mitnahm und wo sie die spannendsten Abenteuer erlebten. Die Tiere im Wald der Freundschaft wohnten in zauberhaften kleinen Häuschen und konnten sprechen.

Plötzlich lief Goldi zum Bach und sprang ans andere Ufer.

„Komm“, sagte Jessi. „Sie will uns mit in den Wald der Freundschaft nehmen!“

Sie folgten Goldi über die Trittsteine im Bach und über die große Wiese, auf der eine abgestorbene Eiche stand. Doch als Goldi sich dem Baum näherte, erwachte er zu neuem Leben.

Blätter sprossen und öffneten sich zur Sonne. Geißblatt rankte sich an den Ästen hoch und Bienen summten zwischen den duftenden Blüten. Im Gras unter der Eiche leuchteten wilde Erdbeeren wie rote Edelsteine zwischen lila

blühendem Fingerhut auf. Buchfinken sausten laut zwitschernd durch die Blätterkrone.

Glücklich drückte Lili Jessis Hand. Das war der Baum der Freundschaft.

Goldi berührte ihn mit der Pfote und drei Worte erschienen in der Rinde: Wald der Freundschaft.

Laut lasen die Mädchen die Worte vor und schon erschien eine Tür im Baumstamm. Lili drückte die blattförmige Klinke hinunter, öffnete die Tür und helles Licht strömte heraus. So war es jedes Mal, wenn sie in den Wald der Freundschaft gingen, und doch fühlte es sich immer wieder ganz besonders an.

Die Katze sprang durch die Tür und die Mädchen folgten ihr. Sofort kribbelte es sie am ganzen Körper, denn sie schrumpften ein wenig.

Das helle Licht verschwand und auf einmal standen die Freundinnen auf einer sonnengesprenkelten Lichtung. Der süße Duft von Zuckerwatte-Blumen schwebte in der Luft. Und da war Goldi. Sie trug einen glitzernden Schal, hatte sich auf die Hinterbeine aufgerichtet und reichte den Mädchen nun bis zur Schulter.

Sie umarmten sich. „Jessi! Lili!“, begrüßte Goldi die Mädchen mit ihrer sanften Stimme. „Willkommen im Wald der Freundschaft!“

„Es ist so schön, wieder hier zu sein“, sagte Lili und lächelte.

„Und mit dir zu sprechen!“, fügte Jessi hinzu. „Hast du uns geholt, weil Griselda Ärger macht?“

Griselda war eine gemeine Hexe, die die Tiere aus dem Wald verjagen wollte, um ihn ganz für sich allein zu haben. Schon oft hatten Goldi und die Mädchen die bösen Pläne der Hexe vereitelt, doch seit einem ihrer letzten Abenteuer begleitete Lili und Jessi ein ungutes Gefühl. Merkwürdige Dinge waren in der Wald-Wunder-

Schule passiert, in die alle Tierkinder gingen. Eine Sache war besonders schlimm. Frau Sanftpfötchen, eine Lehrerin, hatte sich sehr seltsam verhalten. Lili und Jessi hatten den heimlichen Verdacht, dass sie der bösen Hexe half.

Goldi schüttelte den Kopf. „Griselda hat sich in letzter Zeit nicht gezeigt", sagte sie. „Und Frau Sanftpfötchen hat auch nichts Ungewöhnliches angestellt. Jemand anderes braucht allerdings Hilfe." Sie deutete auf eine hübsche braun-weiß gefleckte Kuh, die unter einem Maulbeerbaum stand.

„Hallo!", grüßten die Mädchen.

Die Kuh kam zu ihnen getrottet. Ihre großen braunen Augen wurden von langen Wimpern eingerahmt. Um den Hals trug sie einen gestreiften Stoffbeutel.

„Hallo“, sagte die Kuh. „Wer seid ihr?“

„Das sind meine Freundinnen, Jessi und Lili“, stellte Goldi sie vor.

Jessi lächelte. „Wie heißt du?“

„Ich kann mich nicht erinnern“, antwortete die Kuh traurig.

„Oh nein“, staunte Lili. „Das ist ja wirklich merkwürdig.“

Ein felliges graues Gesicht lugte plötzlich aus dem Stoffbeutel.

„Stimmt! Ich versuche schon die ganze Zeit, ihrem Gedächtnis auf die Sprünge zu helfen, aber nichts hilft …“

Es war ein kleines Koalamädchen mit runden Ohren, dunkler Nase und glänzenden Augen. Es kletterte aus dem Beutel und sprang auf die grüne Wiese.

„Ich bin Kiki Koala“, sagte es mit heiserer Stimme. „Ich habe die nette Kuh-Dame auf dem Weg zur Schule getroffen.“

„Ich bin Lili und das ist Jessi“, sagte Lili. „Schön dich kennenzulernen.“

„Hat sie wirklich ihren Namen vergessen?“, fragte Jessi leise. „Das ist ja schrecklich.“

„Es ist sogar noch viel schlimmer“, sagte das Koalamädchen. „Sie hat alles vergessen – alles, was sie jemals wusste!“

Bingo außer Rand und Band

„Stell dir vor, du könntest dich an nichts erinnern“, flüsterte Jessi Lili zu. „Noch nicht mal an deinen Namen.“

„Wir nennen dich Frau Lieb“, sagte Kiki zu der traurigen Kuh. „Denn das bist du: lieb.“

„Wenn wir dir helfen können, Frau Lieb, dann werden wir es tun“, sagte Lili.

Kiki kletterte auf Lilis Arm. „Goldi hat auch gesagt, dass ihr uns helfen werdet“, sagte sie froh und drückte Lili. Lili schmiegte ihre Wange an das dichte Koalafell. Es war so weich! Dann bekam auch Jessi eine Umarmung. Das Koalamädchen kuschelte sich an ihren Hals. Kikis Umarmungen waren wirklich besonders liebevoll.

Plötzlich hatte Jessi eine Idee. Sie grinste. „Was ist denn mit dem Baum der Erinnerung? Den Zauberbaum habe ich bei unserem letzten Abenteuer irgendwo auf der Karte des Waldes gesehen, das weiß ich genau. Der Baum kann uns bestimmt helfen!“

Lilis Augen leuchteten auf, aber Goldi schüttelte den Kopf. „Tut mir leid, Jessi“, sagte sie. „Der Baum der Erinnerung hilft nur, wenn sich jemand an etwas ganz Bestimmtes erinnern will. Er kann nicht helfen, wenn jemand einfach alles vergessen hat.“

Lili kniete sich neben Frau Lieb. „Vielleicht hilft uns etwas in deinem Beutel weiter.“

Die Kuh blickte hinein, holte ein Blatt Papier heraus und reichte es Lili. Alle sahen gespannt zu, als sie es vorsichtig auseinanderfaltete.

„Es ist eine Karte!“, stellte Goldi fest, die über Lilis Schulter sah. „Der Weg zur Wald-Wunder-Schule ist farbig eingezeichnet. Wolltest du dorthin, Frau Lieb?“

Die Augen der Kuh füllten sich mit Tränen.
„Ich kann mich nicht erinnern."
Lili steckte die Karte zurück in den Beutel

und klopfte Frau Lieb den Hals. „Wir bringen dich zur Schule“, sagte sie. „Vielleicht fällt es dir dann wieder ein.“

„Sehr gut!“, sagte Kiki und sprang vor Freude auf und ab. „Gehen wir!“

Nach einer Weile kamen die Freundinnen zum Tor der Schule. Blumen rankten sich an den Gebäuden hoch, die aus Weidenzweigen gebaut waren. Spielgeräte, Tische mit Bänken und ein großes Gewächshaus verteilten sich auf dem Schulgelände.

„Krah!“

Überrascht sahen die Mädchen nach oben. Ein rundes Licht sauste über die Baumspitzen auf sie zu, dicht gefolgt von einem großen rosa Vogel mit gebogenem Schnabel.

„Krah!", krächzte er.

„Oh nein!", stöhnte Lili. „Das ist einer von Griseldas Flamingos."

Jessi drückte Kiki an sich, als der Lichtball explodierte und stinkende Funken aufstoben.

Mitten in der Qualmwolke erschien die Hexe. Sie trug eine schmale helle Hose, ein violettes Kleid, spitze Stiefel und einen schwarzen Umhang. Der Flamingo landete auf seinen dünnen Beinen direkt neben ihr.

„Verschwinde, Griselda!“, rief Jessi. „Wir lassen dich nicht gewinnen!“

„Ha!“, kreischte Griselda. Ihre grünen Haare peitschten um ihren Kopf, als sie sich dem Flamingo zuwandte. „Bingo! Halte die Mädchen auf, während ich zur Tat schreite!“

Sie rannte zwischen die Bäume.

Jessi reichte Kiki an Goldi weiter. „Schnell, Lili!“, rief sie. „Wir müssen sie stoppen!“

Die Mädchen rannten Griselda nach, aber Bingo stellte sich ihnen in den Weg und versuchte, sie zum Stolpern zu bringen. Gehässig streckte er ihnen die Zunge raus.

Dann schlug er schnell mehrere Räder hintereinander, sodass sie zur Seite springen mussten, um nicht umgeworfen zu werden.

„He, he!", lachte Bingo. „Bin ich schlau!"

„Du bist gemein und nicht schlau!", rief Lili.

Jessi griff nach Lilis Hand. „Geh ganz langsam und beachte ihn einfach gar nicht."

Bingo schlug wieder ein Rad, aber seine Beine verhedderten sich und er fiel zu Boden. Lili und Jessi gingen schnell um ihn herum.

„Schreckliche Gören", schimpfte Bingo. Verärgert entknotete er seine Beine. „Voll fies … mich nicht zu beachten …!"

Doch als die Mädchen zwischen den Bäumen angekommen waren, war dort von Griselda nichts mehr zu sehen.

Jessi seufzte. „Der Wald ist so groß. Wir finden sie nie!"

Das Zauberspruch-Klassenzimmer

Jessi und Lili kehrten zur Schule zurück. Bingo hatte sich inzwischen verzogen und Frau Lieb schnupperte an ein paar Gänseblümchen.

„Griselda ist entkommen“, sagte Jessi. „Was machen wir denn jetzt?“

Kiki nahm die Mädchen nacheinander in die

Arme. Ihre kuschelige Umarmung half ihnen sehr, sie fühlten sich sofort besser.

„Gehen wir doch mit Frau Lieb erst einmal in die Schule hinein“, schlug Kiki vor. „Vielleicht erkennt sie dort etwas. Oder jemanden.“

„Gute Idee“, sagte Lili. „Komm, Frau Lieb.“ Gemeinsam betraten sie das Schulgebäude.

Frau Lieb sah sich in der Garderobe um. „Ich erkenne nichts“, sagte sie. Auch an die Bilder an der Wand erinnerte sie sich nicht.

„Lasst uns ins Zauberspruch-Klassenzimmer gehen“, meinte Kiki. „Meine Mitschüler sind da jetzt. Vielleicht erkennt jemand Frau Lieb.“

Die Mädchen blickten neugierig durch das kleine Fenster in der Klassenzimmertür. Entlang der Wände befanden sich Regale, auf denen dicht an dicht Flaschen und Behälter standen.

Außerdem Schalen mit Blättern, Beeren und Pilzen. Darunter waren einige Kessel ineinander gestapelt. An einer Wand hing eine weiße Tafel, auf der in Blau „Zaubersprüche müssen sich reimen“ stand.

Die Lehrerin war eine schöne Katze mit weißem Fell und einer pinkfarbenen Schleife auf dem Kopf.

„Frau Sanftpfötchen!“, murmelte Jessi.

„Wir können sie fragen, ob sie einen Zauberspruch weiß, der Frau Liebs Erinnerung zurückbringt“, meinte Kiki.

„Lieber nicht“, flüsterte Lili. „Wir wissen nicht, ob wir ihr trauen können.“

Frau Sanftpfötchen war zwar sehr nett, aber irgendwie ging immer alles schief, wenn sie in der Nähe war. Zuerst hatten die Mädchen gedacht, es läge an ihrer Tollpatschigkeit … aber dann wurde ihre Vermutung immer stärker, dass Frau Sanftpfötchen mit Absicht alles durcheinanderbrachte, um Griselda zu helfen.

„Das könnte ein Test sein“, meinte Jessi.

„Wenn sie uns hilft, dann wissen wir, dass sie wirklich so nett ist, wie sie aussieht."

Sie betraten das Klassenzimmer, in dem die Schüler vor Aufregung kaum still sitzen konnten.

„Denkt daran, Schätzelchen", sagte Frau Sanftpfötchen gerade, „Zaubersprüche … müssen … sich … reimen." Sie zeigte mit einem Stift auf die Tafel und unter jedem Wort erschien eine rote Linie.

„Hallo, alle zusammen", sagte Lili.

Frau Sanftpfötchen

drehte sich um und ließ den Stift fallen. Ihr weißes Fell plusterte sich dabei wie elektrisch geladen auf.

Die Kinder kicherten. Frau Sanftpfötchen war so ungeschickt.

Ein Lächeln breitete sich auf dem Gesicht der hübschen Katze aus. „Ich Dummerchen“, sagte sie. „Ich bin erschrocken – ich meine, überrascht – euch zu sehen. Dich auch, Kiki.“

„Entschuldigung, dass ich zu spät bin“, sagte das Koalamädchen.

„Macht nichts, Zuckerpfläumchen“, schnurrte Frau Sanftpfötchen. Dann runzelte sie die Stirn und fragte verwundert: „Was macht denn die Kuh hier?“

„Sie hat ihr Gedächtnis verloren“, erklärte Jessi. „Wir dachten, du kennst vielleicht einen

Zauberspruch, mit dem ihre Erinnerung zurückgeholt werden kann."

Frau Sanftpfötchen machte abwehrend einen Schritt rückwärts. „Tut mir leid, Spätzchen, aber ich muss jetzt unterrichten."

„Dürfen wir bleiben?", fragte Lili. „Vielleicht kannst du uns nach dem Unterricht behilflich sein."

Die Katze lächelte herzlich. „Natürlich."

„Du bist so nett", sagte Kiki. „Ich schenke dir eine Umarmung."

Das Lächeln verschwand. Frau Sanftpfötchen erstarrte, als Kiki ihre Arme um sie warf und sie umarmte.

„Ihr gefällt die Umarmung überhaupt nicht“, flüsterte Goldi.

„Dann stimmt auf jeden Fall etwas nicht mit ihr“, sagte Jessi. „Kikis Umarmungen sind ganz wunderbar!“

„Und es passt ihr auch nicht, dass wir hier aufgetaucht sind“, sagte Lili. „Ihr Fell hat sich gesträubt wie eine Bürste.“

Frau Sanftpfötchen löste Kikis Arme und das Koalamädchen setzte sich auf seinen Platz neben Mia Mauseohr.

Jessi, Lili und Goldi suchten sich einen Sitzplatz in der Bücherecke.

„Mit meinem Verschwindezauber werden wir das lästige Unkraut im Wald der Freundschaft los“, erklärte Frau Sanftpfötchen der Klasse. „Ich habe den Zauberspruch eben erst entwickelt. Bin ich nicht schlau? Und so funktioniert er, passt auf."

Sie häufte ein Bündel wucherndes Unkraut auf ihren Tisch und sagte den Spruch auf:

„Mit der Kraft von Matsch, Schleim und Kitt
wirkt der Spruch schön Schritt für Schritt.
Mein Tisch ist wieder hübsch und sauber,
das Unkraut weg, so geht der Zauber."

Das Häufchen Unkraut verschwand in einer nach Käse stinkenden Rauchwolke.

„Toll!", sagte Mia.

„Fantastisch!", rief Pia Puschel, das Eichhörnchen, laut.

„Hurra!", jubelte Penelope Piks, das Igelmädchen. „Wir werden nun das ganze Unkraut im Wald los!"

Jessi war sich nicht so sicher. „Der Zauberspruch klingt ganz brauchbar", flüsterte sie Lili zu. „Aber ich traue Frau Sanftpfötchen trotzdem nicht."

Die Lehrerin häufte nun auf jedem Tisch Unkraut auf, währenddessen kam Frau Lieb zu Goldi und den Mädchen in die Ecke.

„Bereit, Schnuckiputzis?" Frau Sanftpfötchen zeigte mit ihrem Stift auf die Tafel und der Zauberspruch erschien dort. Dann setzte sie sich an ihren Tisch. „Wir sagen den Spruch gemeinsam auf, und wenn euer Unkraut verschwindet, verschwindet auch das im Wald!"

„Oh!", staunten die Tierkinder.

Dann sagten sie den Spruch auf:

„Mit der Kraft von Matsch, Schleim und Kitt
wirkt der Spruch schön Schritt für Schritt.
Mein Tisch ist wieder hübsch und sauber,
das Unkraut weg, so geht der Zauber."

Das Unkraut löste sich in stinkende Rauchwolken auf. Eine besonders große Rauchwolke bildete sich in der Bücherecke. Als der Qualm sich verzogen hatte, keuchten die Mädchen erschrocken auf. Frau Lieb war verschwunden!

Frau Sanftpfötchen drückte bestürzt die Pfoten gegen ihre Wangen. „Wie ist denn das

passiert?“, rief sie. „Ihr dummen Kinderchen, ihr habt den Spruch falsch aufgesagt.“

„Haben wir nicht“, schluchzte Mia Schlappohr. „Unser Unkraut ist weg!“

Die ganze Klasse fing an zu heulen.

„Beruhigt euch, meine Augensternchen“, bat

Frau Sanftpfötchen. Kiki ging hin und her und umarmte alle Tierkinder tröstend.

Lili warf Jessi einen Blick zu. „Das waren nicht die Kinder“, sagte sie. „Frau Sanftpfötchen verhält sich merkwürdig. Ich glaube, sie hat etwas vor.“

„Lasst uns den Spruch mal genauer ansehen“, meinte Jessi.

Während Frau Sanftpfötchen die Kinder zu beruhigen versuchte, traten Goldi und die Mädchen an den Tisch der Lehrerin. Darauf lag ein geöffnetes Notizbuch. Die Freundinnen überflogen das Geschriebene und stöhnten entsetzt auf. Die Wörter, die dort geschrieben standen, waren ganz andere als die aus dem Zauberspruch.

„Schön wird mein neues Zuhause bald,
verschwinden muss der schreckliche Wald.
Loswerden muss ich nur die Kuh,
und das wird auch passieren – im Nu!“

Jessi zeigte auf Frau Sanftpfötchen. „Du warst das!“, rief sie. „Du hast einen anderen Zauberspruch benutzt. Du hilfst Griselda!“

Frau Sanftpfötchen brach in Tränen aus. „Ihr seid so gemein zu mir. Ich habe den Spruch nicht verändert und ich helfe Griselda auch nicht“, sagte sie. „Das ist die Wahrheit.“

Ihr flauschiger Schwanz fegte aufgebracht hin und her, dann lief sie aus dem Raum.

Professor Schlaubuchs Bücherei

„Ihr nach!", rief Lili. „Kiki, bleib lieber hier. Falls Frau Sanftpfötchen wirklich auf Griseldas Seite ist, könnte sie gefährlich sein."

Kiki klammerte sich an Jessis Bein. „Bitte, lasst mich mitkommen", bettelte sie. „Ich möchte helfen, Frau Lieb zu finden."

Die Mädchen zögerten erst, dann nickten sie sich zu. Kiki hatte Frau Lieb schon auf dem Weg zur Schule unterstützt und sie hatte es verdient, auch jetzt bei der Suche nach ihr helfen zu dürfen.

„Okay“, sagte Jessi. „Aber du musst dich gut festhalten.“ Sie nahm Kiki auf den Arm und rannte mit Lili und Goldi ins Freie.

„Krah!“

Bingo stand auf dem Torpfosten.

„Tut so, als wäre er nicht da“, sagte Lili und streckte die Hand nach dem Tor aus.

Da flatterte Bingo so heftig mit seinen Flügeln, dass Staub aufwirbelte und Lili ihre Augen mit den Händen bedecken musste.

„He, he, he!“, lachte er. „Jetzt könnt ihr nicht mehr so tun, als wäre ich nicht da.“

„Du Fiesling!“, schimpfte Goldi und stellte sich schützend vor Lili. „Fieslinge wollen immer Aufmerksamkeit, aber dich werden wir nicht beachten, kein bisschen.“

Sie drehten Bingo den Rücken zu.

„So finden wir Frau Sanftpfötchen nie“, sagte Jessi. „Lasst uns in die Bücherei gehen. Vielleicht weiß Professor Schlaubuch einen Zauberspruch, der uns weiterhelfen kann.“

Goldi, Kiki und die Mädchen liefen schnell zur

Bücherei. In dem großen Raum standen Regale, die vom Boden bis zur Decke reichten, und die vollgestopft waren mit Büchern. Es gab gemütliche Leseecken mit bunten Stühlen und weichen roten Kissen.

Professor Schlaubuch blickte von seinem Schreibtisch auf. „Besucher! Wunderbar!", sagte er. „Ich habe gerade nur ein paar Buchnamen in mein Buch der Bücher geschrieben." Als er Goldis besorgten Gesichtsausdruck bemerkte, verschwand das Lächeln von seinem Gesicht. „Was ist los?"

„Kiki hat eine verirrte Kuh getroffen“, erzählte Goldi. „Sie hatte einen Beutel mit dieser Karte bei sich.“ Sie zeigte Professor Schlaubuch die Karte.

„Nun, das ist doch fein“, sagte er. „Ihr habt ihr den Weg gezeigt. Was ist hier also das Problem?“

„Die Kuh hat ihr Gedächtnis verloren“, erzählte Lili weiter. „Und dann hat Frau Sanftpfötchen auch noch einen Zauberspruch aufgesagt, woraufhin die Kuh spurlos verschwunden ist.“

„Arme Frau Sanftpfötchen“, sagte Professor Schlaubuch seufzend. „Ständig passieren ihr solche unglücklichen Unfälle.“

Die Mädchen sahen sich an. Waren das wirklich nur Unfälle?

„Professor, gibt es in einem der Bücher einen

Zauberspruch,
mit dem wir die
Kuh zurückholen können?“, fragte Lili.

„Hmm“, sagte der Bücherwurm nachdenklich. Er nahm sein langes goldenes Lesezeichen und zeigte damit auf ein Regal mit der Aufschrift „Magie“.

Staunend sahen die Freundinnen zu, wie eine ganze Reihe Bücher auf den Schreibtisch herunterschwebte. Sorgfältig blätterte Professor Schlaubuch durch die Inhaltsverzeichnisse.

„Irgendetwas dabei?“, fragte Lili ihn nach einer Weile.

„Bisher nicht“, antwortete er und suchte eifrig weiter.

„Hmm“, sagte er schließlich. „Es tut mir leid, aber anscheinend gibt es leider keinen Rückhol-Zauber.“

Goldi ließ die Schnurrhaare hängen. „Und was nun?“ Kiki umarmte sie. „Kopf hoch!“, sagte sie. „Vielleicht kann sich jemand einen neuen Zauberspruch ausdenken?“

„Nur Hexen können das“, sagte Professor Schlaubuch traurig.

„Dann fragen wir doch Griselda ganz, ganz freundlich“, sagte Kiki mit großen, eifrigen Augen. „Bestimmt hilft sie uns.“

Jessi kraulte Kiki hinter dem Ohr. „Das ist

eine sehr schöne Idee“, sagte sie. „Aber Griselda wird uns niemals helfen. Sie ist einfach zu gemein.“

Professor Schlaubuch öffnete eine Dose und bot den Freundinnen kleine Himbeerbrötchen an. „Ich wünschte, wir würden eine gute Hexe kennen.“

Jessi ließ vor Aufregung beinahe ihr Brötchen fallen.

„Oh, aber das tun wir doch! Wir haben der Hexe Evi geholfen, Griselda zu entkommen. Und Evi bewacht jetzt den Baum der Freundlichkeit.“

Im Wald der Freundschaft gab es mehrere Zauberbäume. Jeder steckte voll uralter Magie, die den Tieren im Wald der Freundschaft half.

„Der Baum der Freundlichkeit ist zu weit weg, wir brauchen schnell Hilfe. Aber der Baum der Erinnerung ist ganz in der Nähe. Evi hat mir erzählt, dass ihn die Hexe Viola bewacht“, sagte Goldi.

„Viola wird uns bestimmt auch helfen“, entgegnete Lili zuversichtlich.

Kiki klatschte begeistert in die Pfoten, doch dann hielt sie plötzlich inne.

Von draußen ertönte ein Jaulen und Schreien,

als ob alle Tiere des Waldes auf einmal um Hilfe riefen.

Die Freundinnen stürzten zum Fenster. Am Himmel flogen Vögel krächzend im Kreis. Neben einer Birke drängte sich eine Eichhörnchenfamilie dicht aneinander. Plötzlich verschwand der große Baum in einer gelb-grünen Rauchwolke. Panisch flohen die Eichhörnchen in den Wald.

„Habt ihr das gesehen?“, fragte Lili. „Der ganze Baum ist weg!“

„Deshalb sind die Vögel und anderen Tiere so entsetzt“, sagte Goldi bekümmert. „Ihre Bäume verschwinden.“

„Wir müssen Hilfe holen“, sagte Jessi. „Und zwar schnell, bevor der ganze Wald verschwunden ist.“

Ein violetter Leuchtball

Die Freundinnen rannten durch den Wald. Rechts und links von ihnen verschwanden Büsche, Bäume und Blumen. Grasbüschel verschwanden ebenfalls, nur nackte Erde blieb zurück. In der Luft hing der Geruch von stinkendem Käse.

Plötzlich blieb Lili stehen. „Agatha Glitzerflügel wohnt hier“, sagte sie und deutete auf eine leere Stelle. „Ihr Baum ist weg! Wo soll sie denn jetzt wohnen?“

Auch der Baum von Kapitän Wolke, dem Storch, war verschwunden. Sein Heißluftballon war nicht mehr festgebunden und flog den Wolken entgegen.

Kiki zitterte. „Wir können das wieder in Ordnung bringen, oder?“

Jessi drückte Kiki tröstend an sich. „Wir geben unser Bestes“, sagte sie.

Auf der Tupfenwiese standen Herr und Frau Hase an dem Platz, wo sich bis eben noch ihr Café befunden hatte. Tränen rannen ihnen über die Wangen.

Kiki eilte zu ihnen und umarmte sie voller Mitgefühl.

„Wir holen Hilfe“, versprach Lili den Hasen. „Wir versuchen, alles wiedergutzumachen.“

Frau Hase nickte tapfer. „Das wissen wir“, sagte sie und wandte sich an Kiki. „Danke für deine liebevolle Umarmung.“

Die Freundinnen winkten zum Abschied und eilten weiter.

„Griselda muss Frau Sanftpfötchen irgendwie dazu gebracht haben, den Verschwindezauber zu sprechen", sagte Jessi atemlos. „Sie will alle Bäume und Pflanzen im Wald loswerden. Wenn die Tiere nichts mehr haben, wo sie wohnen können, werden sie zu guter Letzt den Wald verlassen müssen."

Lili nickte grimmig. „Griselda wird Sümpfe und Dornenranken im Wald verteilen."

„Da ist der Zauberpfad!", rief Goldi. „Wir sind fast da."

Sie atmeten erleichtert auf, als der große Baum der Erinnerung in Sicht kam. Er hatte schlüsselförmige Blätter und zarte Büschel aus gelben Blüten hingen von seinen Ästen.

„Zum Glück ist er noch nicht verschwunden", keuchte Lili.

In der Nähe flog eine junge Hexe auf ihrem Besen herum. Sie war ungefähr so alt wie die Mädchen, trug einen grünen Rock und lange geringelte Strümpfe. Und sie hatte wilde lilafarbene Locken.

„Hoppladihopps!“, kreischte sie, als sie etwas wackelig auf einer Eiche landete.

Jessi grinste. „Für eine Hexe kann Viola aber nicht besonders gut fliegen.“

Die Hexe schüttelte sich die Locken aus dem Gesicht und entdeckte die Freundinnen. „Was ist los?“, rief sie. „Alles verschwindet!“

Während sie sprach, löste sich die Eiche plötzlich in Luft auf.

Viola stürzte zu Boden.

„Hoppladihopps!“ Mit verzerrtem Gesicht rieb sie sich die schmerzenden Knie.

Das Koalamädchen eilte zu ihr. „Ich bin Kiki, und das sind Jessi und Lili“, sagte es. „Darf ich dich umarmen?“

„Das könnte mir helfen“, sagte die kleine Hexe mit bebender Unterlippe.

Kiki sprang auf ihren Schoß und drückte sie.

Viola lächelte. „Es geht mir schon viel besser!“

„Das ist schön“, sagte Jessi. „Wir brauchen nämlich deine Hilfe. Neue Zaubersprüche können sich nur Hexen ausdenken und wir benötigen ganz dringend einen neuen. Kannst du einen erfinden, der alles Verschwundene wieder zurückbringt? Auch eine Kuh?“

„Oh, dafür bin ich nicht klug genug“, sagte Viola traurig.

Kiki umarmte sie fest. „Doch, bist du!“

„Also … ich kann es ja versuchen“, meinte Viola. Voller Konzentration kniff sie ihre Augen zusammen.

Die Freundinnen warteten besorgt, denn alle paar Minuten verschwand ein weiterer Baum oder Busch und hinterließ nichts als eine stinkende Rauchwolke.

Goldis Schwanz zuckte nervös hin und her.

Plötzlich grinste Viola. „Ich hab’s! Ich weiß einen Zauberspruch, der verschwundene Dinge zurückbringt.“

„Und die Kuh?“, fragte Lili.

„Oh!“ Viola konzentrierte sich noch einmal. „Fertig!“, sagte sie dann. „Wenn ein violetter Leuchtball erscheint, nachdem ich den Zauberspruch aufgesagt habe, hat es funktioniert. Der Leuchtball ist der Zauber!“

Sie streckte ihre Hände mit den Handflächen nach oben aus. „Los geht's“, sagte sie.

„Lila Licht, weh mit der Brise.
Bring zurück Baum, Busch und Wiese.
Lass alles wiedererscheinen,
Auch die Kuh muss dazu.“

Alle hielten vor Spannung die Luft an. Doch nichts geschah.

„Was ist nur schiefgegangen?“, überlegte Viola laut.

„Vielleicht klappt es nicht, weil sich die letzten beiden Zeilen nicht reimen“, meinte Lili.

„Frau Sanftpfötchen sagte im Unterricht, dass das wichtig ist."

„Ich wusste, dass ich nicht klug genug bin", schluchzte Viola.

„Aber doch, das bist du. Wir müssen nur die Wörter austauschen", schlug Jessi vor. Sie zog ihren Notizblock und einen Stift hervor und reichte beides der kleinen Hexe.

Viola kaute grübelnd auf dem Stift herum. „Was reimt sich auf *erscheinen*?", fragte sie. „*Weinen* und *Leinen* …"

„*Reisen*?", bot Goldi an.

„Warum nicht *Beinen*?", sagte Lili.

„Na klar!" Jessi nahm den Stift und schrieb schnell etwas auf.

Viola las es und grinste. „So müsste es eigentlich funktionieren!"

„Hurra!“, jubelte Kiki.

Viola breitete wieder die Hände aus und sagte den Spruch auf.

„Lila Licht, weh mit der Brise.
Bring zurück Baum, Busch und Wiese.
Lass alles wiedererscheinen,
Auch die Kuh mit den vier Beinen.“

Ein violetter Leuchtball erschien langsam auf Violas Handflächen.

Alle sogen begeistert die Luft ein.

„Fantastisch!“, jubelte Jessi.

„Genial!“, freute sich Goldi.

Viola machte ein zufriedenes Gesicht. „Jetzt muss ich sehr weit hoch über die Baumwipfel fliegen“, erklärte sie. „Und das Licht über dem Wald verteilen.“

Sie stieg auf ihren Besen und hielt den

Leuchtball in einer Hand. Dann sah sie zu den Mädchen und kreischte erschrocken auf.

Lili und Jessi wirbelten herum.

Bingo flog direkt auf Viola zu und bewarf sie mit Tannenzapfen.

Viola versuchte, den Geschossen auszuweichen, aber sie geriet ins Taumeln und fiel schließlich von ihrem Besen.

„Hoppladihopps!“ Sie rollte sich auf dem

Boden ab, umklammerte aber noch immer den Leuchtball.

Goldi stellte sich schützend vor Kiki, während Jessi und Lili den Flamingo mit Moosbüscheln bewarfen.

„Lass sie in Ruhe!“, schrien sie.

Bingo sauste nach unten, schnappte sich den Besen und schleuderte ihn gegen den Baum der Erinnerung.

Kracks!

Er brach in zwei Hälften.

Viola heulte auf.

„Ha!“, schrie Bingo. „Eure Hexenfreundin kann jetzt nicht mehr fliegen und deshalb auch ihren blöden Zauber nicht verteilen. He, he, he! Ihr werdet Griselda niemals aufhalten.“

Damit flog er davon.

„Er ist weg“, sagte Jessi. „Und bald auch der ganze Wald.“ Kaum hatte sie das ausgesprochen, verschwand eine große Weide.

„Es tut mir leid“, sagte Viola schniefend. „Ohne meinen Besen kann ich nicht nach oben fliegen, um das Licht zu verteilen.“

Kikis Wangen waren nass von Tränen. Mit hängenden Schnurrhaaren nahm Goldi das zitternde Koalamädchen auf den Arm.

„Uns fällt schon noch was ein, oder?“, fragte Kiki hoffnungsvoll.

„Klar“, erwiderte Lili und zwang sich, ihre Stimme zuversichtlich klingen zu lassen. Dann sah sie Jessis bedrücktes Gesicht. „Ich weiß nur wirklich nicht, was wir tun könnten“, flüsterte sie ihrer Freundin zu.

Bingo macht Ärger

„Viola, ich habe da eine Idee, du könntest doch auf den Baum der Erinnerung klettern", schlug Jessi vor. „Ganz oben könntest du dann den Leuchtball in die Luft werfen und der Wind trägt ihn dann über den gesamten Wald."

„So hoch kann ich nicht klettern, dafür bin

ich zu tollpatschig“, antwortete die kleine Hexe. „Ich würde herunterfallen.“

„Ich übernehme das“, sagte Kiki. „Koalas sind ganz tolle Kletterer und ich bin sehr leicht. Ich kann auch auf die dünnen Äste oben auf der Spitze klettern.“

Sie ließ sich von Goldi den Beutel von Frau Lieb geben und Viola legte den Leuchtball hinein. Dann kletterte Kiki Ast für Ast immer höher am Baum hinauf.

„Krah!“

Plötzlich tauchte Bingo wieder auf. Er umkreiste den Baum der Erinnerung und landete dann auf einem Ast. Mit aller Kraft sprang er auf und ab und der Ast fing gefährlich an zu schwingen.

„Du gemeiner Vogel!“, rief Jessi. „Hau ab!“

Er hüpfte noch heftiger.

Kiki wurde in die Luft geschleudert und schrie panisch auf. Sie griff nach einem Ast und erwischte ihn gerade noch. „Haltet ihn auf, sonst falle ich runter!“, heulte sie.

Jessi kletterte los, um Kiki zu helfen, aber Bingo schüttelte sie ab.

„Was sollen wir machen?“, fragte Lili hilflos.

Um sie herum verschwanden mehrere Haselnusssträucher. Grelle Sonnenstrahlen verdrängten das sanfte Licht, das sonst den Wald durchzog und von allen geliebt wurde.

„Jessi! Lili!", schrie Kiki. „Was, wenn der Baum der Erinnerung verschwindet, während ich hier oben bin?"

„Wir fangen dich auf!", rief Jessi.

„Werdet ihr nicht!", krächzte Bingo.

„Beachte ihn einfach nicht, Kiki", rief Lili. „Denk an etwas Schönes!"

„Halte dich gut fest, wenn er hüpft!", schrie Jessi. „Stell dir einfach vor, du würdest den Baum umarmen."

Kiki kniff die Augen zusammen und umklammerte den Baumstamm.

Bingo hüpfte und hüpfte, aber dann merkte

er, dass er Kiki nicht abschütteln konnte. Er streckte ihr die Zunge raus und flog mit einem lauten Krächzen davon.

„Er ist weg!“, rief Viola.

Kiki öffnete die Augen.

„Du bist so tapfer!“, lobte Lili sie.

„Und deine Umarmungen sind wirklich die allerbesten!“, fügte Jessi hinzu.

Kiki kletterte so schnell sie konnte hoch in die Baumkrone. „Ich bin oben!“, rief sie.

„Wirf den Leuchtball so hoch du kannst!“, rief Viola ihr zu.

Der magische Ball flog in die Luft. Der Wind fing ihn ein und er explodierte in ein Meer aus Funken, die in alle Himmelsrichtungen flogen.

Lili und Jessi trauten ihren Augen nicht. Um sie herum tauchten Blumen, Büsche und Bäume

wieder auf. Und auch die Häuser der Tiere zwischen den dicken Wurzeln oder hoch oben auf den Ästen.

Kiki kam den Baum herunter, umarmte alle nacheinander und fing dann gleich noch mal von vorne an. Sie lachten und jubelten.

„Violas Zauberspruch wirkt!“, sagte Lili freudestrahlend.

„Danke, Kiki“, sagte Viola glücklich.

„Der Wald ist wieder wie zuvor“, sagte Jessi. „Vielleicht ist auch Frau Lieb zurück. Lasst uns schnell zur Schule gehen.“

Sie rannten fröhlich durch den Wald

und jauchzten jedes Mal, wenn am Wegesrand ein Blütenbusch erschien. Auf der Sonnenscheinwiese wiegten sich die Blumen, überall sah es wieder wunderschön aus. Herr und Frau Hase hoppelten erleichtert über die Tupfenwiese und freuten sich, dass ihr Café wieder da war.

„Vielen Dank euch!", riefen sie.

Als sie zur Schule kamen, waren sie überglücklich, denn Frau Lieb stand vor dem Tor. Sie muhte leise, als Kiki sie umarmte und ihr den gestreiften Beutel zurückgab.

„Ist das meiner?", fragte Frau Lieb.

Lili wurde es schwer ums Herz. Die Kuh hatte ihr Gedächtnis noch immer nicht zurück.

„Kannst du dich denn an gar nichts erinnern?“, fragte sie.

Frau Lieb schüttelte traurig den Kopf. „An nichts.“

Da hatte Kiki eine Idee. „Vielleicht kann der Rückholzauber ja auch ihre Erinnerung zurückholen?“

„Vielleicht, wenn ich die Wörter etwas verändere“, sagte Viola nachdenklich. „Jessi, darf ich mir noch einmal deinen Notizblock und den Stift leihen?“

Viola schrieb etwas auf, strich es durch und notierte neue Wörter. „Ich hab’s!“, sagte sie schließlich.

„Lila Licht, weh mit der Brise.
Bring zurück Baum, Busch und Wiese.
Und bitte noch ganz viel dazu, nämlich –
die Erinnerung der Kuh.“

Die Mädchen hielten die Luft an. In Violas

Händen erschien ein schimmernder violetter Leuchtball.

„Es hat geklappt!“, riefen Jessi und Lili gleichzeitig.

Viola warf den Ball in die Luft und er explodierte in funkelnde Regentropfen, die auf Frau Lieb herabrieselten.

„Ohh!“, muhte sie. Ihre Augen fingen an zu strahlen. „Ich erinnere mich …“

Kiki hüpfte auf und ab. „An was?“

Versammlung in der magischen Schule

„Mein Name ist Frau Mohnblume“, sagte die Kuh glücklich. „Ich komme von weit her, um als Lehrerin an der Wald-Wunder-Schule zu unterrichten. Auf dem Weg habe ich eine weiße Katze mit einer pinkfarbenen Schleife getroffen.“

Jessi stöhnte auf. „Frau Sanftpfötchen!"

„Was ist passiert?", fragte Kiki und umklammerte ganz fest ein Bein der Kuh.

„Sie meinte, sie wolle Professor Weißklug ausrichten, dass ich nicht komme", sagte Frau Mohnblume. „Sie wolle an meiner Stelle dort als Lehrerin anfangen, damit sie Professor Schlaubuchs besondere Bücher stehlen kann. Dann sagte sie einen Zauberspruch auf und ich vergaß alles, was ich je wusste."

„Das ist der Beweis! Frau Sanftpfötchen hilft Griselda", sagte Lili. „Sie benutzt die bösen Zaubersprüche der Hexe."

Kiki machte große Augen. „Unsere Lehrerin arbeitet für die Hexe?"

Jessi nickte. „Und als Frau Mohnblume heute in der Schule aufgetaucht ist, hat Frau Sanftpfötchen sie weggezaubert, damit Professor Weißklug sie nicht sieht und dadurch die Wahrheit erfährt."

Goldi machte einen Satz zur Seite. „Auiau!", schrie sie, rieb sich über den Kopf und sah auf den Boden. „Jemand wirft mit Eicheln!"

Sie duckten sich hinter das Schultor.

„He, he, he!"

Bingo kreiste über ihren Köpfen. Er bespuckte sie mit Himbeeren und warf weiter mit Eicheln.

„Bingo, warum hilfst du Griselda?", rief Lili.

„Weil ich eine tolle Belohnung bekomme, wenn ich es mache!" Er spuckte eine weitere Himbeere nach ihnen aus.

„Griselda hält nie ihre Versprechen!", rief Jessi ihm laut zu.

Bingo landete auf einem Baumstumpf und hielt den Kopf schief. „Das stimmt überhaupt nicht!", rief er.

„Doch, tut es", sagte Lili. „Du kannst jeden fragen, der ihr mal geholfen hat."

„Sie haben recht", sagte Goldi. „Griselda hat ihren Helfern schon alles Mögliche versprochen – Futter, ein neues Haus, ein Boot – aber gegeben hat sie ihnen nie etwas, weil sie sich immer nur um sich selbst kümmert."

„Ist das wahr?", fragte Bingo und machte ein besorgtes Gesicht.

Die Freundinnen nickten. „Was genau hat Griselda dir denn versprochen?", wollte Jessi wissen.

Der Flamingo ließ den Kopf hängen. „Meine Brüder Banjo, Cosmo und Gonzo beachten mich nie." Er schniefte. „Griselda hat versprochen, meine Freundin zu sein. Aber sie schreit mich immer an."

Kiki ging auf ihn zu. „Ich werde deine Freundin sein", sagte sie. „Darf ich dich in den Arm nehmen?"

Bingo nickte. „Ich denke schon."

Kiki lächelte und legte die Arme um ihn. Zuerst schien er nicht zu wissen, was er tun sollte, aber dann wickelte er seinen langen Hals um das Koalamädchen und schloss die Augen.

Nach einem Weilchen richtete er sich wieder auf. „Es tut mir leid, dass ich so gemein war“, sagte er. „Ich bin froh, dass die Kuh wieder da ist. Ich habe gehört, wie Frau Sanftpfötchen sich einen Spruch ausgedacht und sie dann weggezaubert hat.“

Lili erstarrte. „Sie hat sich den Zauberspruch selbst ausgedacht? Nicht Griselda?“

„Professor Schlaubuch hat gesagt, dass das nur Hexen können“, sagte Jessi.

„Das bedeutet also …“, murmelte Goldi.

Kiki war schockiert. „Frau Sanftpfötchen ist eine Hexe – so wie Griselda!“

„Hallo!“, sagte da eine Stimme.

Es war Professor Weißklug, der Gänserich. „Ist es nicht wunderbar, dass der Wald wieder wie früher ist? Bingo, komm doch rein und gesell dich zu deinen Brüdern.“ Sein Blick fiel auf Frau Mohnblume. „Oh, Frau Mohnblume!“, sagte er überrascht. „Frau Sanftpfötchen erzählte mir, dass es dir nicht gut geht und sie deshalb deine Stelle übernimmt.“

Goldis Schnurrhaare zuckten. „Professor, wir erklären später alles. Aber zuerst, wo ist Frau Sanftpfötchen?“

„Im Schulsaal. Gleich beginnt unsere besondere Versammlung“, antwortete er. „Schüler und Schülerinnen, die sehr hart gearbeitet haben, bekommen von ihr eine tolle Auszeichnung überreicht.“

„Oh nein!“, sagte Lili.

Dann erzählten die Mädchen und Goldi Professor Weißklug schnell, dass Frau Sanftpfötchen Griselda half.

„Verstehen Sie?“, sagte Jessi am Schluss. „Sie ist selbst eine Hexe.“

Der Gänserich war schockiert. „Wir müssen sie aufhalten!“, rief er. „Wer weiß, was sie als Nächstes macht!“

Alle rannten zum Schulsaal, nur Bingo sauste durch die Luft. Vorsichtig öffnete Jessi die Tür einen Spaltbreit. Alle Tierkinder saßen vor Frau Sanftpfötchen und dahinter die stolzen Eltern.

Frau Sanftpfötchen strahlte. „Ich habe etwas ganz Besonderes für euch, meine Goldstücke!“

Die Kinder warfen sich gespannte Blicke zu, als Frau Sanftpfötchen die Stimme zu einem Zauberspruch erhob.

„Mit der Kraft von Matsch, Schleim und Kitt
wirkt der Spruch schön Schritt für Schritt."

Erschrocken drehte sich Jessi zu den anderen um. „Sie sagt den Verschwindespruch!"

Frau Sanftpfötchen sprach weiter:

„Mein Wald ist wieder hübsch und sauber,
kleine Tiere –"

Jessi und Lili stürmten in den Saal und riefen laut: „Stopp!"

Bingo stürzte sich auf Frau Sanftpfötchen, die fauchend um sich schlug und mit ihren Krallen nach ihm hieb.

Die Schüler und Eltern sahen wie erstarrt zu.

„Sie versucht, euch allesamt verschwinden zu lassen!“, rief Lili.

Die Tierkinder heulten erschrocken auf und liefen zu ihren verängstigten Eltern. Jessi zeigte auf Frau Sanftpfötchen. „Du bist eine Hexe, genau wie Griselda!“

Die Tiere blickten verwirrt von den Mädchen zu Frau Sanftpfötchen und wussten nicht, was sie tun sollten.

„Viola!“, flüsterte Lili. „Weißt du einen Zauberspruch, der hilft, dass alle die Wahrheit erkennen?“

„Oh, ich weiß nicht …“ Viola machte ein panisches Gesicht. „Mir fällt keiner ein!“

„Versuche es mit Aufschreiben“, schlug Jessi vor, zog ihren Notizblock hervor und reichte ihn

Viola, die sofort ein paar Wörter auf das Papier kritzelte. Jessi deutete auf ein Wort und flüsterte der kleinen Hexe etwas ins Ohr.

Dann begann Viola zu zaubern:

„Lila Licht, wehte mit der Brise,
brachte zurück Baum, Busch und Wiese.
Nicht echt ist diese Katze hier,
eine Hexe verbirgt sich in dem Tier,
das glauben jedenfalls – wir!“

In Violas Händen erschien ein Leuchtball. Kraftvoll schleuderte sie ihn zu Frau Sanftpfötchen. Über ihr explodierte er und stinkende gelbe und violette Funken regneten auf die Katze herab. Erschrocken kniffen die Mädchen die Augen zusammen und wichen ein paar Schritte zurück.

Nach einem Moment öffnete Lili vorsichtig wieder die Augen – und dann blieb ihr vor Staunen die Luft weg.

„Jessi, sieh doch!“, rief sie.

Der Rauch hatte sich verzogen und Frau Sanftpfötchen war verschwunden. An ihrer Stelle stand eine große Frau mit wirren Haaren, schmaler heller Hose, violettem Kleid, spitzen Stiefeln und einem dunklen Umhang.

Griselda!

Das grüne Haar der Hexe, das noch immer von einer pinkfarbenen Schleife geziert wurde, knisterte und ihre Augen weiteten sich vor Schreck.

Die Tiere saßen wie festgefroren auf den Stühlen.

„Frau Sanftpfötchen ist keine Hexe *so wie* Griselda – sie *ist* Griselda!“, sagte Lili und war fassungslos.

Rosen für die Besten

„Griselda, du warst das also die ganze Zeit!“, zischte Goldi.

Griselda schnitt eine Grimasse. „Mich selbst in die süße Frau Sanftpfötchen zu verzaubern war absolut schlau von mir.“

Frau Mohnblume muhte der Hexe ins Gesicht. „Aber die Mädchen sind noch viel schlauer!“

Professor Weißklug deutete zur Tür: „Raus!"

Griselda fuchtelte erbost mit ihrer Faust. „Ich bin froh, dass ich von hier verschwinden kann!", kreischte sie. „Es war abscheulich, so nett zu euch schrecklichen Tieren zu sein. Ihr mit eurem dämlichen Quieken und Kichern – bäh!"

Wütend zerrte sie die Schleife aus ihren Haaren und bekam dabei ein ganz rotes Gesicht. „Ich werde mir einen neuen Plan überlegen, einen noch besseren. Einen, den ihr Gören nicht verhindern könnt. Nehmt euch in Acht!" Sie stampfte zur Tür und warf Bingo einen bösen Blick zu. „Komm, Bingo!"

Der Flamingo rührte sich nicht.

„Ich sagte, komm!", schrie Griselda.

Bingo reckte den Schnabel kerzengerade in die Luft. „Nein!"

„Was?“, tobte die Hexe.

„Du solltest auch mal versuchen, nett statt gemein zu sein“, sagte Bingo. „Vielleicht hilft dir eine Umarmung.“ Er ging auf Griselda zu und wickelte seine Flügel um sie.

Die Hexe stieß ihn von sich. „Umarmungen sind ekelhaft!“, rief sie. Sie drehte sich zu Goldi, Jessi und Lili um. „Ihr alle seid ekelhaft!“

Doch die Freundinnen lachten nur.

„Wartet es nur ab!“, schrie Griselda. „Ich komme wieder! Der Wald der Freundschaft wird eines Tages mir gehören!“

Sie schnipste mit den Fingern und verschwand in einer Wolke aus stinkenden Funken.

„Was für eine Geschichte!“, sagte Professor Weißklug. „Danke, Lili, Jessi und Goldi. Ihr habt erneut unsere Schule beschützt.“

Lili lächelte. „Ohne Kiki hätten wir es nicht geschafft. Sie hat uns die ganze Zeit geholfen, an ein gutes Ende zu glauben."

„Ihre Umarmungen waren wunderbar aufmunternd", fügte Jessi hinzu.

Der Schulleiter lächelte Kiki an. „Danke, Kiki. Nun lasst uns aber endlich mit der besonderen Versammlung beginnen", sagte er und hob seinen Korb auf. „Und danach gibt es Himbeer-Limonade und Kirschkekse zur Willkommensfeier für Frau Mohnblume."

Die Kuh bekam Applaus und klimperte vor Freude heftig mit den Wimpern.

Professor Weißklug verteilte silberne Rosen an Schüler und Schülerinnen, die sich sehr angestrengt hatten, besonders bei Aufgaben, die schwierig für sie waren.

„Nun die Spezial-Rosen“, verkündete Professor Weißklug. „Pina Pünktchen!“

Das Hundemädchen kam zu ihm gehüpft und bekam eine goldene Rose, weil sie den anderen Tierkindern gezeigt hatte, wie viel Spaß Lesen macht.

Die Mädchen klatschten begeistert. Sie kannten Pina gut, gemeinsam hatten sie ein tolles Abenteuer erlebt.

Eine andere Freundin, Lea Lämmchen, bekam ebenfalls eine goldene Rose, weil sie mit ihrem Gesang alle Tiere des Waldes berührt hatte.

Ein süßes Rehkitz namens Ria, das die Mädchen bei ihrem letzten Abenteuer kennengelernt hatten, bekam auch eine goldene Rose. Sie hatte bei einer großen Aufführung alle mit ihrem Tanz sehr beeindruckt.

„Und die vierte goldene Rose bekommt Kiki Koala“, verkündete Professor Weißklug. „Weil sie immer positiv gestimmt ist und Umarmungen für alle hat!“

Alle klatschten, dann sagte der Schulleiter: „Ich habe noch eine weitere Rose zu vergeben. Sie ist für jemanden, der sich gegen einen Fiesling gewehrt hat. Bingo Flamingo hat versucht, Griselda zu erklären, dass sie einfach auch nett sein könnte. Komm her, Bingo!“

„Los, Bingo!“, rief sein Bruder Gonzo in den tosenden Applaus.

„Juchu! Bingo!“, rief Cosmo.

„Du bist der Beste!“, rief Banjo laut.

Bingo flatterte glücklich mit den Flügeln. Er hatte keine Freunde gehabt, aber jetzt eine ganze Schule voll davon und dazu noch seine Brüder. Bingo lächelte, als er nach vorne trat und die goldene Rose mit seinem Schnabel entgegennahm.

Da hörten Jessi und Lili ein Klopfen an der Tür und sahen hinaus. Draußen standen zwei große Flamingos und flatterten aufgeregt mit ihren Flügeln.

„Wir sind die Eltern der Flamingokinder,“, sagte der eine. „Professor Weißklug hat uns eine Nachricht geschickt, dass wir herkommen sollen.“

„Wir fragen uns nur wieso“, ergänzte Frau Flamingo.

Lili öffnete weit die Tür. „Darum!“

Bingo flog zu ihnen. „Mama! Papa!“

Bingos Brüder begrüßten ihre Eltern ebenfalls. Die ganze Familie war ein einziges Knäuel aus flatternden Flügeln und frohem Krächzen.

„Eine Hexe hat uns entführt“, sagte Bingo.

„Wir wussten nicht, wie wir wieder nach Hause finden sollen“, fügte Cosmo hinzu.

„Wir haben viele gute Freunde gefunden“, erklärte Banjo.

„Dürfen wir bleiben?“, fragte Gonzo.

Die Flamingos sahen Professor Weißklug an. „Wir haben viel Platz in der Schule und neue Freunde sind uns immer willkommen“, sagte er.

„Ich weiß nicht … wir sind sehr weit weg von Paradise Ponds“, sagte Herr Flamingo.

„Aber die Flamingokinder lieben die Schule“, sagte Professor Weißklug. „Wenn ihr hierher umzieht, werdet ihr euch sicher gleich wie zu Hause fühlen.“

Frau Flamingo betrachtete ihre Kinder. „Nun, wenn ihr sicher seid, dass wir bleiben sollen …“

„Ja!“, schrien sie. „Hurra!“

Professor Weißklug lächelte. „Himbeer-Limonade und Kirschkekse für alle!“

Nach der Feier wurde es für Jessi und Lili Zeit zu gehen. Es dauerte ewig, bis sie sich von all ihren Freunden verabschiedet hatten, aber schließlich traten sie ans Tor.

„Nur noch eine Umarmung", sagte Kiki. „Versprecht mir, dass ihr bald wiederkommt."

Sie versprachen es. Mit einem letzten Winken folgten die Mädchen Goldi durch den Wald zurück zum Baum der Freundschaft.

Dort umarmte Jessi die Katze. „Hole uns, sobald Griselda wieder auftaucht", sagte sie.

„Aber natürlich", erwiderte Goldi und umarmte auch Lili.

Dann berührte sie den Baumstamm. Die

kleine Tür öffnete sich und helles Licht strömte heraus.

Lili und Jessi traten hinein. Mit einem Kribbeln im ganzen Körper wuchsen sie wieder zu ihrer normalen Größe heran.

Als das Licht erloschen war, standen sie auf der großen Wiese. Gut gelaunt rannten sie zum Bach und zurück in den Garten. Pixi döste unter der Hecke.

Lili warf einen Blick auf den grünen Kokon. Er bewegte sich!

„Ich glaube, der Schmetterling schlüpft jetzt“, flüsterte sie.

Sie beobachteten, wie ein wunderschöner Schmetterling sich langsam aus dem Kokon befreite. Einen Augenblick später begannen sich nach und nach seine Flügel zu entfalten und die

Mädchen konnten ein glänzendes rot-braunes Muster mit weißen Streifen erkennen.

„Er ist so schön“, sagte Jessi. „Nicht zu fassen, dass wir zusehen mussten, wie aus einer wunderschönen Katze die hässliche Griselda geworden ist.“

„Und jetzt haben wir gesehen, wie aus einer Raupe etwas Wunderschönes wurde“, sagte Lili. „Ein Schmetterling!“

Jessi grinste. „Mal sehen, welche Überraschung das nächste Mal im Wald der Freundschaft auf uns wartet!“

Tierinfos von Lili und Jessi

Lili und Jessi helfen kleinen und großen Tieren für ihr Leben gern – im Wald der Freundschaft und in der echten Welt.

Hier sind einige wichtige Fakten über …

KOALAS

wie Kiki Koala

Koalas leben in Australien und sind hauptsächlich nachtaktiv. Sie schlafen sehr viel, täglich bis zu 20 Stunden.

Koalas fressen täglich ungefähr 0,5 bis 1 Kilogramm Eukalyptusblätter. In den Blättern ist viel Feuchtigkeit gespeichert, deshalb müssen Koalas fast kein Wasser trinken.

Das Wort „Koala“ stammt ursprünglich aus der Sprache der Aborigines, der Ureinwohner Australiens, und bedeutet „trinkt nicht“.

Koalas können in ihren Backentaschen Blätter bunkern.

Mit ihren scharfen Krallen und den zwei Daumen an den Händen können Koalas besonders gut klettern.

Zuhause der
Erdmännchen
Wald-Wunder-Schul
Baumhaus
Pausenh
Funkel-Tintenbrunnen
Honigbaum
Sonnenscheinwiese